To all of us.
A nous tous.

Shanko Pop 2021

Existing

Aspiring to a simple existence,
free of questioning was what made up my world as a child.
I enjoyed it very much so.
So much so that
till this day, although things did change,
I often catch myself still desiring such mindset.

Image

My own image, taking the time to analyze it,
really did not cross my mind.
Face buried in books, toys and what was happening outside,
the focus on what I looked like and what I was supposed to look like never really took the
time to blossom

Others.

I know of beings who rejected their shell as children.
Struggling to understand why they were made this way.
I did find myself in their words,
Just in a different way.

How it showed up

As time passed by, I added more strokes to my craft
which resulted in a more accurate representation
of what was happening outside.
Only thing is,
It never truly looked like me...
Until that day when...

Exister

Une existence simple, sans trop de questionnements
C'était ce qui constituait mon monde étant enfant,
C'était tout ce à quoi j'aspirais.
J'ai tant apprécié le concept,
Si bien que, bien que les choses aient changées,
Je me surprends parfois à encore le désirer.

Image

Prendre le temps d'analyser mon image
Ne m'a vraiment jamais traversé l'esprit.
Le visage plongé dans les livres, les jouets et ce qui se tramait dehors,
L'obsession sur ce à quoi je ressemblais et était sensée ressembler
N'a jamais vraiment eu l'opportunité de voir le jour.

Les autres

Je connais des êtres qui ont rejeté leur enveloppe étant enfants.
Qui ont galéré à comprendre le pourquoi du comment ils étaient faits ainsi.
J'ai reconnu un peu de moi dans leurs mots.
A quelques détails près.

Manifestation finale

Au fur et à mesure que le temps passait,
Sur mon présent papier figurait autant de traits que celui de la veille.
Ce qui résulta en une représentation de ce qui se tramait dehors beaucoup plus crédible.
Le hic c'est que ça ne me ressemblait en rien...
Jusqu'au jour ou...

LOOK!!! WHO IS THIS??? PROUDLY WADDLING,
STRUTTING,
COILS BOUNCING UP AND DOWN AND DOWN AND UP?

ɣ

MAIS REGARDEZ QUI VOILÀ ! QUI EST-CE DONC ?
MARCHANT FIÈREMENT, TÊTE HAUTE,
BOUCLES BONDISSANTES DE HAUT EN BAS, ET DE BAS EN HAUT ?

IT'S BABY NELLA!
AND TODAY IS A SPECIAL DAY!
A VERY SPE-CIAL DAY!
AND WHAT DAY IS IT BY THE WAY SWEET NELLA?

ɣ

C'EST BÉBÉ NELLA !

ET AUJOURD'HUI EST UN JOUR SPÉCIAL !

UN JOUR TRÈS SPECIAL !

QUEL JOUR EST-CE DONC NELLA CHÉRIE ?

ARGAN OIL
SHEA BUTTER
COCOA BUTTER
Soap

"TODAY IS OUR HAIR WASH DAY!!!
A DAY WHERE MAMA AND DADDY GATHER THE BEST OF THE BEST TO CARE
FOR OUR BEAUTIFUL HAIR!!
HAIR SOAP, CREAMS, OILS, GREASE AND ALL THE GOOD THINGS !"

ɣ

« AUJOURD'HUI, C'EST LA JOURNÉE DES SOINS CAPILLAIRES !!!
UNE JOURNÉE OU PAPA ET MAMAN RASSEMBLENT LES MEILLEURS
PRODUITS POUR PRENDRE SOIN DE NOS BEAUX CHEVEUX !!!
SHAMPOOING, CRÈMES, HUILES, POMMADES ET TOUTES LES BONNES
CHOSES ! »

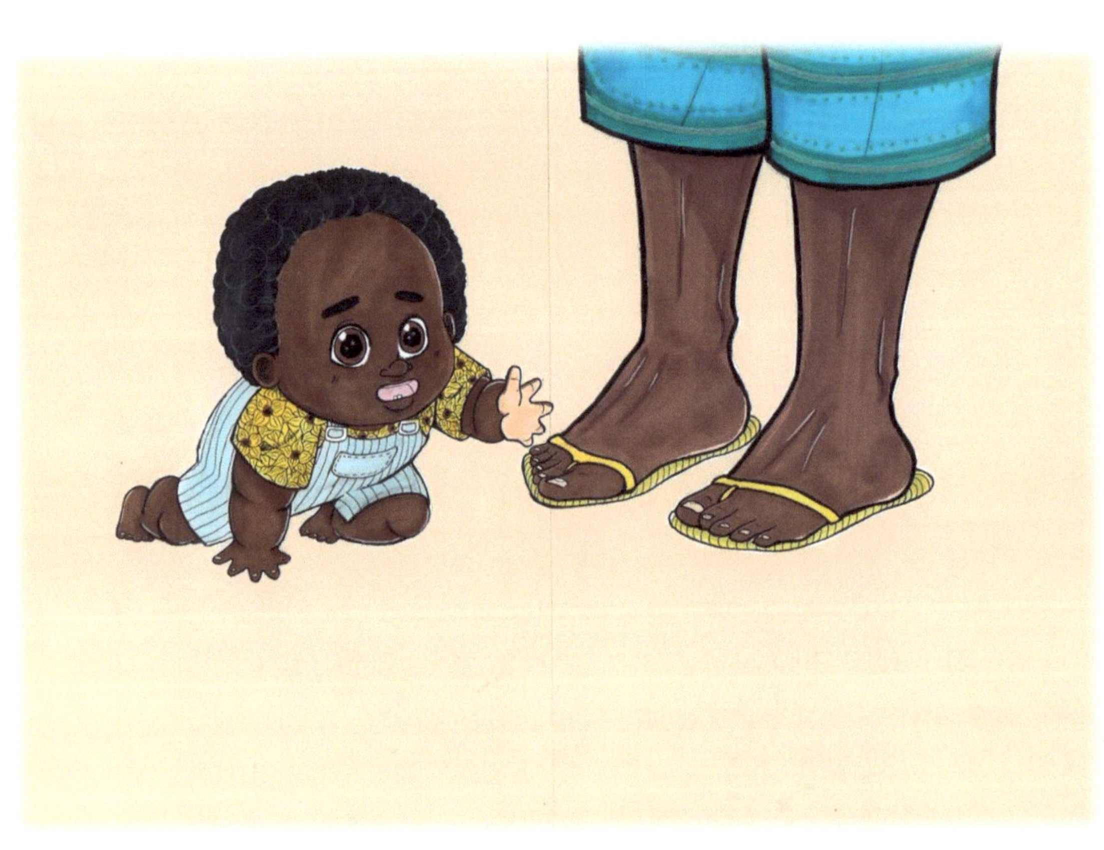

OH! HOLD ON? HOLD ON? HOLD ON?
WHO IS THIS LITTLE BOO CRAWLING HIS WAY INTO MAMA'S ROOM ???

ɣ

OH! OH! OH! MINUTE PAPILLON!
QUI EST DONC CE PETIT BOUT DE CHOU RAMPANT À TOUTE VITESSE VERS
LA CHAMBRE DE MAMAN?

IT'S BIG BOY NELSON!
CARRIED BY PAPAFRO WITH HIS HUGE FULL HAIR AND BEARD, COILY AND
FLUFFY LIKE A CLOUD!!!

ɣ

C'EST LE PETIT NELSON,
PORTÉ PAR PAPAFRO AVEC SES BEAUX CHEVEUX ET SON ÉPAISSE BARBE,
BOUCLÉS ET COTONNEUX COMME UN NUAGE!!!

BABY NELLA AND BABY NELSON ARE NOW MORE THAN READY TO CARE FOR ALL THE FLUFFY, THICK GORGEOUSSNESS THAT GROWS UP LIKE A SUNFLOWER ON THEIR HEAD!

γ

BÉBÉ NELLA ET BÉBÉ NELSON SONT MAINTENANT PLUS QUE PRÊTS À S'OCCUPER DE TOUTE LA BEAUTÉ VOLUMINEUSE ET COTONNEUSE QUI POUSSE SUR LEUR TÊTE COMME UNE FLEUR DE TOURNESOL!

HAPPY AND READY, THEY RUSH TOWARDS THEIR MAMA'S ROOM,
SEARCHING FOR ALL THE THINGS THEY NEED TO CARE FOR THEIR WOOLLY
HAIR.
"IT IS LIKE GOING ON A BIG ADVENTURE!" SAYS BABY NELLA HOLDING HER
BABY BROTHER'S HAND.

ɣ

HEUREUX ET IMPATIENTS, ILS SE PRÉCIPITENT VERS LA CHAMBRE DE
MAMAN À LA RECHERCHE DE TOUT LE NECÉSSAIRE POUR PRENDRE SOIN DE
LEUR CHEVELURE LAINEUSE.
"C'EST COMME PARTIR POUR UNE GRANDE AVENTURE!"
DIT BÉBÉ NELLA TENANT LA MAIN DE SON PETIT FRÈRE.

THE BABIES ARE NOW FACING A TALL YELLOW FURNITURE. "HERE WE ARE."
WHISPERS NELLA.
IT IS MAMAFRO'S BIG MAGICAL DRAWERS, WHERE SHE STORES ALL OF THE
FAMILY'S HAIR PRODUCTS!

ɣ

ARRIVÉS À HAUTEUR DU GRAND MEUBLE JAUNE, BÉBÉ NELLA
CHUCHOTE: "NOUS Y VOILÀ.".
C'EST LE GRAND TIROIR DE MAMAFRO, C'EST ICI QUE SONT
STOCKÉS TOUT LES PRODUITS CAPILLAIRES DE LA FAMILLE!

IMMEDIATELY, BABY NELSON TAKES THE FIRST STEP AND OPENS UP THE
FIRST DRAWER,
AND WHAT DOES HE FOUND?

ɣ

SANS PLUS TARDER, NELSON S'EMPRESSE ET OUVRE LE PREMIER TIROIR.
QUE DÉCOUVRE T-IL?

OH! IT IS AFRICAN BLACK SOAP!!!
IT GETS ALL BUBBLY WHEN MAMA RUBS IT IN HER HANDS,
IT GIVES US A HUUUUUGE BUBBLY AFRO
AND IT GETS OUR HAIR ALL SOFT AND CLEAN!

ϒ

OH ! C'EST DU SAVON NOIR !
ÇA FAIT PLEINS DE BULLES QUAND MAMAN EN FROTTE DANS SES MAINS,
ÇA NOUS FAIT UN GIGA MEGA AFRO TOUT EN BULLE
ET ÇA REND NOS CHEVEUX TOUT DOUX ET TOUT PROPRES !

IT IS NOW BABY NELLA'S TURN, SHE GOES AHEAD, OPENS UP THE SECOND
DRAWER,
AND WHAT DOES SHE FOUND?

ɣ

C'EST MAINTENANT LE TOUR DE BÉBÉ NELLA, QUI D'UN PAS ASSURÉ, OUVRE
LE SECOND TIROIR.
QUE TROUVE-T-ELLE ?

COCO BUTTER CREAM

IT IS THE COCOA BUTTER CREAM JAR!
IT IS CREAMY AND THICK
AND IT MAKES OUR HAIR SMELL SWEET LIKE CANDY!

ɣ

C'EST LA CRÈME CAPILLAIRE SENTEUR CACAO!
C'EST CRÈMEUX, ÉPAIS
ET ÇA DONNE UN PARFUM SUCRÉ À NOS CHEVEUX!

BABY NELSON NOW UP ON HIS FEET, EYES BIG AND FULL OF CURIOSITY
OPENS UP THE THIRD DRAWER,
AND WHAT DOES HE FOUND?

γ

BÉBÉ NELSON, SUR SES DEUX PIEDS, LES YEUX PLEINS DE CURIOSITÉ
OUVRE LE TROISIÈME TIROIR.
QUE TROUVE-T-IL?

IT IS THE LARGE TOOTH COMB!
IT HAS LAAARGE TEETH LIKE A SHARK, GRAW!
AND IT PASSES THROUGH OUR HAIR LIKE BUTTER!

ɣ

C'EST LE PEIGNE À DENTS LARGES!
IL A DE GROSSES DENTS COMME UN REQUIN, GRAOU!
ET IL PASSE À TRAVERS NOS CHEVEUX COMME UN COUTEAU DANS DU
BEURRE!

JoJoba
Oil

NOW, HERE COMES AGAIN BABY NELLA SASSILY OPENING UP THE FOURTH
DRAWER,
AND WHAT DOES SHE FOUND ?

ɣ

VOILÀ QU'APPARAÎT DE NOUVEAU BÉBÉ NELLA, OUVRANT FIÈREMENT LE
QUATRIÈME TIROIR.
QUE TROUVE-T-ELLE?

IT IS THE LITTLE BOTTLE OF JOJOBA OIL!
IT LOOKS LIKE LIQUID GOLD
AND IT IS LIGHT AND CLEAR!

ɣ

C'EST LA PETITE BOUTEILLE D'HUILE DE JOJOBA!
ÇA RESSEMBLE À DE L'OR LIQUIDE
ET C'EST UNE HUILE LÉGÈRE ET CLAIRE!

BABY NELSON, WITH THE HELP OF A LITTLE WOODEN STOOL OPENS UP THE
FIFTH DRAWER,
AND WHAT DOES HE FOUND?

ɣ

AIDÉ D'UN PETIT TABOURET EN BOIS, BÉBÉ NELSON OUVRE LE
CINQUIÈME TIROIR.
QU'Y TROUVE-T-IL?

FLOO E'S
GREASE

IT IS THE JAR OF HAIR GREASE!
IT IS BEIGE COLORED, IT SMELLS LIKE MARSHMALLOW
AND ONCE APPLIED TO OUR HAIR IT MAKES IT VERY SHINY !

ɣ

C'EST LA POMMADE POUR LES CHEVEUX !
ELLE EST DE COULEUR BEIGE, ÇA SENT COMME LES CHAMALLOW
ET UNE FOIS APPLIQUÉ SUR NOS CHEVEUX, ILS BRILLENT DE MILLE FEUX !

PERCHED ON THE WOODEN STOOL, BABY NELLA
OPENS UP THE SIXTH DRAWER!
AND WHAT DOES SHE FOUND?

ᵞ

PERCHÉE À SON TOUR SUR LE TABOURET EN BOIS, BÉBÉ NELLA
OUVRE LE SIXIÈME TIROIR!
ET QU'EST CE QU'ELLE Y TROUVE?

IT IS THE LITTLE BLUE SPRAY BOTTLE!
IT HAS WATER IN IT AND GOES PSSSHHOOO PSSSHOOO!
IT WETS OUR HAIR AND MAKES IT SOFT!

Ɣ

C'EST LE PETIT SPRAY BLEU!
IL CONTIENT DE L'EAU ET ÇA FAIT PSSSHHIITT PSSSHIITT QUAND ON
APPUIE SUR LA GÂCHETTE!
ÇA MOUILLE NOS CHEVEUX ET ÇA LES RENDS TOUT DOUX!

THE TWO BABIES NOW WISHED THEY COULD REACH AND PULL THE
SEVENTH DRAWER. IT IS THE LAST ONE BUT IT IS ALSO THE HIGHEST AND
THE STOOL IS TOO LITTLE TO REACH IT.
"A HELPING HAND WOULD BE A GOOD THING, RIGHT NELSON?" SAYS
NELLA".

Ɣ

À PRÉSENT, LES DEUX BÉBÉS AIMERAIENT BIEN POUVOIR ATTEINDRE LE
SEPTIÈME ET DERNIER TIROIR.
EN PLUS D'ÊTRE LE DERNIER, C'EST AUSSI LE PLUS HAUT
ET LE TABOURET EST BIEN TROP PETIT POUR L'ATTEINDRE.
"ON AURAIT PEUT-ÊTRE BIEN BESOIN D' UN PETIT COUP DE MAIN,
PAS VRAI NELSON? DIT BÉBÉ NELLA

"I HEARD MY LITTLE ADVENTURERS WOULD NEED SOME HELP?"
SAYS A REASSURING VOICE FROM AFAR, MAKING THE BABIES TURN AROUND
AT THE SAME TIME.

ϒ

"J'AI CRU ENTENDRE QUE MES PETITS AVENTURIERS AURAIENT BESOIN
D'UN PEU D'AIDE?"
S'EXCLAME DE LOIN UNE VOIX DES PLUS RASSURANTES, INTERPELLANT
LES BÉBÉS EN MÊME TEMPS.

AND IT IS WITH THE STRENGHT OF ONE ARM THAT PAPAFRO PICKS UP BOTH
OF THEM TO HIS LARGE SHOULDERS.

IT IS PAPAFRO ! COMING TO THE RESCUE OF THE TWO SWEETIES, PROUD OF
THE BABIES WILLINGNESS TO CARE FOR THEIR BEAUTIFUL HEAD OF HAIR.

Ƴ

ET C'EST AVEC LA FORCE D'UN SEUL BRAS QUE PAPAFRO SAISIT LES DEUX
BÉBÉS À SES LARGES ÉPAULES.

C'EST PAPAFRO VENU À LA RESCOUSSE DE SES DEUX BOUT DE CHOU,
FIÈRE DE LES VOIR DÉSIREUX DE PRENDRE SOIN DE LEUR BELLE
CHEVELURE !

IT IS WITH WIDE OPEN EYES THAT THE BABIES ACCOMPANY THEIR FATHER'S
OPENING OF THE SEVENTH AND LAST DRAWER.
AND WHAT DO THEY FOUND ?

ɣ

C'EST AVEC DES YEUX PLEINS DE CURIOSITÉ QUE LES BÉBÉS

ACCOMPAGNENT LEUR PÈRE DANS L'OUVERTURE DU

SEPTIÈME ET DERNIER TIROIR.

ET QU'Y TROUVENT-T-ILS ?

"COLORED BOBBY PINS! SCRUNCHIES! RUBBER BANDS, PEARLS, CORIES!
HAIR BALLIES! GOLD HAIR CUFFS, HAIR WRAPS! HEADBANDS AND PLENTY OF
OTHER BEAUTIFUL HAIR ORNAMENTS TO EMBELLISH OUR HAIR!"

ɣ

« ÉPINGLES À CHEVEUX MULTICOLORES ! CHOUCHOUX ! ÉLASTIQUES !
PERLES ! CAURIS ! ÉLASTIQUES À BOULES ! MANCHETTES POUR LES
TRESSES ! FOULARDS ! BANDEAUX ET PLEINS D'AUTRES ORNEMENTS POUR
SUBLIMER NOS CHEVEUX ! »

NOW THAT THE ADVENTUROUS PAIR HAVE EVERYTHING THEY NEED FOR THE
BEST DAY OF THE WEEK,
WITH THEIR WOVEN PURPLE BASKET FULL OF GOODIES, THEY LEAD
MAMAFRO AND PAPAFRO TO THE BATHROOM SO THEY CAN BE HELPED TO
GET THEIR HAIR WASHED.

Ɣ

MAINTENANT QUE LE DUO D'AVENTURIERS A RÉUNIT TOUT LE
NÉCESSAIRE POUR LE MEILLEUR JOUR DE LA SEMAINE,
ÉQUIPÉS DE LEUR PANIER TISSÉ VIOLET,
ILS GUIDENT PAPAFRO ET MAMAFRO VERS LA SALLE DE BAIN POUR QU'ILS
LES AIDENT À LAVER LEUR CHEVEUX.

"FIRST, MAMA TAKES THE WATER BOTTLE SPRAY
SHE GOES PSHHHOOO PSHHOOO ON OUR HAIR
THEN, SHE TAKES 3 PUMPS OF THE BLACK SOAP AND RUBS IT IN OUR HAIR,
AND WE RUB AND RUB AND RUB
UNTIL WE GET THE FAMOUS BIG BUBBLY 'FRO!"

ɣ

« TOUT D'ABORD, MAMAN PRENDS LE SPRAY D'EAU,
ELLE FAIT PSHHHIIITT PSHHHIIIT SUR NOS CHEVEUX,
PUIS ELLE APPUYE 3 FOIS SUR LA BOUTEILLE DE SAVON NOIR ET LE FAIT
MOUSSER SUR NOS CHEVEUX ET ON FROTTE ENCORE ET ENCORE JUSQU'À
CE QU'ON OBTIENNE LE FAMEUX GIGA MÉGA AFRO TOUT EN BULLE ! »

MAMAFRO THEN RINSES THEN DRIES THE BABIES SOAKING WET HAIR, JUST
ENOUGH SO THAT THEIR HAIR STILL REMAINS MOISTURIZED AND SOFT!
"MAMA SAYS SHE WANTS OUR HAIR DRY BUT NOT TOO MUCH! BECAUSE
LIKE A FLOWER, THEY NEED WATER TO GROOOWW" SAYS NELLA.

ɣ

MAMAFRO RINCE PUIS SÈCHE LES CHEVEUX TOUT TREMPÉS DES BÉBÉS,
JUSTE ASSEZ POUR QU'ILS RESTENT QUAND MÊME DOUX ET HYDRATÉS !
« MAMAN DIT QUE NOS CHEVEUX DOIVENT ÊTRE SECS MAIS PAS TROP !
PARCE QUE TOUT COMME UNE FLEUR, ILS ONT BESOIN D'EAU POUR
POUSSER ! » S'EXCLAME NELLA.

FLOOF GREASE

PAPAFRO, AS HAPPY AS HIS BABIES PICKS UP THE HAIR GREASE AND THE SUN
COLORED OIL OUT OF THE WOVEN BASKET.
WITH HIS BIG HANDS, HE MASSAGES THE TOP OF THE BABIES HEADS WITH
JOJOBA OIL AND GREASES THEIR SCALP.
PAPAFRO'S BIG HANDS ARE STRONG BUT GENTLE. IT GIVES THE PERFECT
SCALP MASSAGES FOR THE BABIES, SO SOOTHING, SO MUCH SO THEY
ALMOST FALL ASLEEP.

ɤ

PAPAFRO, TOUT AUSSI CONTENT QUE SES BÉBÉS SAISIT LA POMMADE
CAPILLAIRE ET L'HUILE COULEUR SOLEIL DU PANIER TISSÉ.
AVEC SES GRANDES MAINS, IL MASSE LE SOMMET DE LA TÊTE DES BÉBÉS
AVEC L'HUILE DE JOJOBA ET GRAISSE LEUR CUIR CHEVELU.
LES MAINS GÉANTES DE PAPAFRO SONT PUISSANTES MAIS DÉLICATES.
ELLES DONNENT LES MEILLEURS MASSAGES CRÂNIENS, TELLEMENT
RELAXANTS, SI BIEN QUE LES ENFANTS PEINENT À SE MAINTENIR ÉVEILLÉS.

MAMAFRO MAKES HER RETURN WITH A LITTLE WOODEN BASKET.
"WHAT HAIRSTYLE SHALL WE DO TODAY?" ASKS MAMAFRO.
"PLAITS!" SAYS NELLA, "AND CORNROWS" SCREAMS NELSON,
"WITH, TWISTS!" ADDS NELLA, "AND PUFFS!"
"ALL OF THESE?" AMUSINGLY SAYS MAMAFRO.
"IT WILL TAKE ME FOREVER SWEETHEARTS" SHE CONTINUES.

ɣ

MAMAFRO, DE RETOUR AVEC SON PETIT PANIER EN BOIS DEMANDE :
« QUEL COIFFURE DEVRIONS NOUS FAIRE AUJOURD'HUI ? »
« DES TRESSES ! » DIT NELLA, « ET COLLÉES » S'ÉCRIE NELSON,
« AVEC DES VANILLES » RENCHÉRI NELLA, « ET DES CHOUX ! »
« TOUT ÇA ? » S'ÉTONNE MAMAFRO AMUSÉE,
« CELA ME PRENDRA UNE ÉTERNITÉ MES CHÉRIS » POURSUIT-ELLE.

ALTHOUGH THE BABIES REPLY WAS SURPRISING, THEY WERE RIGHT.
THEY KNEW HOW MUCH COULD BE DONE ON A SINGLE LITTLE HEAD OF
COILY HAIR.
MAMAFRO COULD GO FROM LITTLE BANTU KNOTS, A HUGE AFRO,
CORNROWS, SKY TICKLING HIGH PUFFS, TWISTS, FLAT OR FREE, ALL THE
WHILE EMBELLISHING IT WITH THE FINEST COLORFUL SCARFS OR HAIR
JEWELRY... FIOUUUU SO MUCH TO DO!!!

ɣ

BIEN QUE LA RÉPONSE DES BÉBÉS FUT SURPRENANTE, ILS AVAIENT RAISON.
ILS ÉTAIENT BIEN AU COURANT DE TOUT CE QUI POUVAIT SE FAIRE SUR UNE
SEULE DE LEUR TÊTE.
MAMAFRO POUVAIT FAIRE DES BANTU KNOTS, UN AFRO GÉANT, DES
TRESSES
PLAQUÉES, DES CHOUX HAUTS QUI CARESSENT LE CIEL, DES VANILLES,
PLATES OU LIBRES, TOUT EN LES EMBELLISSANT DE FOULARDS COLORÉS ET
DE BIJOUX DE CHEVEUX DE QUALITÉ...
OUF ! ÇA FAIT BEAUCOUP !

WITHOUT WASTING TIME,
MAMAFRO AND PAPAFRO BEGIN TO WORK THEIR SKILLED FINGERS
THROUGH EACH OF THE BABIES HAIR. "NO PULLING, NO TUGGING, ALL
SWEET AND GENTLE WHEN IT COMES TO MY HAIR!", THEY SING TOGETHER,
IMPATIENT TO SEE FOR THEMSELVES THE FINISHED HAIRSTYLE.

ɤ

SANS PLUS TARDER, MAMAFRO ET PAPAFRO,
S'ATTELLENT À LA TÂCHE ET TRAVAILLENT LEURS HABILES DOIGTS DANS LES
CHEVEUX DES PETITS.
« ON NE TIRE PAS, ON N'ARRACHE RIEN ! TOUT DOUX, TOUT DOUX
QUAND IL S'AGIT DE MES CHEVEUX ! » CHANTONNENT-T-ILS,
IMPATIENTS DE VOIR LE RÉSULTAT FINAL DE LEUR COIFFURE.

FINALLY, HOLDING A LARGE PURPLE MIRROR, COMES AGAIN PAPAFRO.
"OOOOO-WEEEE" SHOUTS NELLA AND NELSON.
IT IS THE MOMENT THEY HAVE BEEN WAITING FOR, THE MOMENT WHERE
THEY DISCOVER THE NEW SHAPE MAMAFRO AND PAPAFRO GAVE TO THEIR
GORGEOUS HEAD OF HAIR.
"OOOOHHH" THEY SAY "WOAAAH" THEY SHOUT!

ɣ

UN GRAND MIROIR VIOLET À LA MAIN, REVIENT DE NOUVEAU PAPAFRO.

« WOUAAHHH » S'ÉTONNENT NELLA ET NELSON.

C'EST LE MOMENT QU'ILS ATTENDAIENT TANT, LE MOMENT OÚ ILS

DÉCOUVRENT LA NOUVELLE APPARENCE DONNÉE À LEURS BEAUX CHEVEUX

PAR MAMAFRO ET PAPAFRO.

« OOOOHH », « WOOOOAHH » DISENT-T-ILS.

FORMED IN SHINY LITTLE FLAT TWISTS, BABY NELLA'S HAIR WERE PUT IN TWO PUFFS TIED WITH PINK AND PURPLE SCRUNCHIES ON EACH SIDE OF HER HEAD AND BABY NELSON'S WERE PUT IN 7 CORNROWS WITH LITTLE BLACK RUBBER BANDS AT THE END.

ɤ

FORMÉS DANS DE JOLIES PETITES VANILLES, LES CHEVEUX DE BÉBÉ NELLA ÉTAIENT ATTACHÉS DE PART ET D'AUTRE DE SA TÊTE AVEC DEUX CHOUCHOUX, L'UN ROSE ET L'AUTRE VIOLET.
NELSON, LUI, AVAIT 7 TRESSES DONT LES BOUTS ÉTAIENT DÉCORÉS DE PETITS
ÉLASTIQUES NOIRS.

WITH THEIR HAIR DONE, THE BABIES ACCOMPANIED BY THEIR PARENTS
WERE NOW HEADED TO THE PARK TO PLAY WITH THEIR LITTLE FRIENDS.
IT IS ALL DRESSED UP WITH THEIR HAIR BEAUTIFULLY DONE THAT THE
BABIES PICKED UP TRUCK TOYS, FOOTBALL, JUMPROPES AND DOLLS TO GO
HAVE SOME FUN!

ɣ

TOUT BEAUX ET BIEN COIFFÉS, LES ENFANTS ACCOMPAGNÉS PAR LEUR
PARENTS SE DIRIGENT MAINTENANT VERS LE PARC POUR JOUER AVEC
LEURS AMIS.
C'EST DONC BIEN HABILLÉS ET BIEN COIFFÉS QUE LES BÉBÉS EMPORTENT
AVEC
EUX CAMIONNETTE, BALLON DE FOOT, CORDES À SAUTER ET POUPÉES
POUR ALLER S'AMUSER !

BECAUSE IT IS ME, BECAUSE IT IS
YOU, SHANKO BABIES I WROTE
FOR YOU.
READING, LEARNING, ENJOYING,
ALL IN ONE YOU GOT ME TOO.

ϒ

PARCE QUE C'EST TOI,
PARCE QUE C'EST MOI,
SHANKO BABIES, POUR TOI J'AI
ÉCRIT.
LIRE, APPRENDRE,
S'AMUSER, TOUT EN UN,
JE SUIS LÀ POUR TOI

BOOK WRITTEN WITH LOVE FOR
THE LOVELY CHILDREN THAT
YOU BORE,
ALL IN ONE FOR THE SWEET
CHILD WITHIN YOU,

૪

LIVRE ÉCRIT AVEC AMOUR
POUR LES BEAUX ENFANTS QUE
TU AS PORTÉS,
TOUT EN UN POUR
L'ADORABLE ENFANT QUI
SOMMEILLE EN TOI,

ALL IN ONE FOR THE MOTHERS AND
FATHERS THAT RAISED YOU,
ALL IN ONE FOR THE FOREFATHERS
AND THE FOREMOTHERS THAT
BLESSED YOU.

γ

TOUT EN UN POUR LES MÈRES ET
LES PÈRES QUI T'ONT ÉLEVÉ,
TOUT EN UN POUR LES AÏEUX
QUI T'ONT BÉNI.

ALL IN ONE FOR THE UNIVERSE THAT WATCHES
OVER YOU.

FROM ME TO YOU, WITH LOVE
ENJOY!

ɣ

TOUT EN UN POUR L'UNIVERS QUI VEILLE SUR
TOI.

DE MA PART, POUR TOI, AVEC AMOUR

AMUSES-TOI!

SHANKO POP

<u>Shanko Babies! And the seven magical drawers</u>

A literary experience, enjoyable from 0 to +99.

Creating a tighter bond between you, your children, the child within you and their overall image.

Because it is essential to see oneself under the most beautiful light, the most tender ray of sunshine.

May the sun's warmth soothes your sweet faces as you walk through life,

And as it shines, may you all try to smile back.

I see you with your cute self!

Shanko Babies ! Et les sept tiroirs magiques

Une expérience littéraire appréciable par tous.
Créer un lien plus fort entre vous, vos enfants, l'enfant qui
sommeille en vous et leur image.

Parce qu'il est essentiel de se voir sous la plus belle des
lumières, le plus tendre des rayons de soleil.

Puisse la chaleur du soleil adoucir vos visages durant votre
chemin de vie,
Et lorsqu'il brille, puissiez-vous lui sourire en retour.

Je vous vois les chouchous !

Hair products/ les produits capillaires

- Shampoo/Shampoing
- Hair grease/ Pommade capillaire
- Oil/ Huile
- Coco butter cream/ Crème au beurre de cacao
- Jojoba oil/ Huile de Jojoba (prononcé hohoba en anglais)
- African black soap/ Savon noir

Hair accessories/ les accessoires pour cheveux

- Bobby pins/ Épingles à cheveux
- Scrunchies/ Chouchous
- Rubber bands/ Élastiques
- Pearls/ Les perles

- Cories/ Cauris ou/or perles de cauris
- Hair Ballies/ Élastiques à boules
- Hair cuffs/ manchettes pour tresses
- Hair wraps/ attaché de foulard
- Headbands/ Bandeau
- Large tooth comb/ Peigne à dents larges
- Hair jewelry/ Bijoux de cheveux

Hairstyles / Les coiffures

- Afro/ Afro
- Bantu Knots/ nœuds bantous
- Cornrows/ Tresses plaquées
- Puffs/ Choux
- High Puff/ Chou haut
- Twists/ Vanilles

<u>State, Objects, Other/ États, Objets, Autre</u>

- Wet/ Mouillé, Trempé
- Dry/ Secs
- Soft/ Doux
- Moisturized/ Hydraté
- Woven Basket/ Panier tissé
- Wooden basket/ Panier en bois
- Sunflower/ Fleur de Tournesol